STÉPHANE MALLARMÉ

UN COUP DE DÉS JAMAIS N'ABOLIRA LE HASARD

POÈME

ÉDITIONS DE LA
NOUVELLE REVUE FRANÇAISE
35 & 37, RUE MADAME, PARIS
1914

POÈME

UN COUP DE DÉS JAMAIS N'ABOLIRA LE HASARD

par

STÉPHANE MALLARMÉ

PRÉFACE

J'AIMERAIS qu'on ne lût pas cette Note ou que parcourue, même on l'oubliât ;
elle apprend, au Lecteur habile, peu de chose situé outre sa pénétration :
mais, peut troubler l'ingénu devant appliquer un regard aux premiers mots
du Poème pour que de suivants, disposés comme ils sont, l'amènent aux derniers,
le tout sans nouveauté qu'un espacement de la lecture. Les " blancs ", en effet,
assument l'importance, frappent d'abord ; la versification en exigea, comme
silence alentour, ordinairement, au point qu'un morceau, lyrique ou de peu de
pieds, occupe, au milieu, le tiers environ du feuillet : je ne transgresse cette
mesure, seulement la disperse. Le papier intervient chaque fois qu'une image,
d'elle-même, cesse ou rentre, acceptant la succession d'autres et, comme il ne
s'agit pas, ainsi que toujours, de traits sonores réguliers ou vers — plutôt, de
subdivisions prismatiques de l'Idée, l'instant de paraître et que dure leur con-
cours, dans quelque mise en scène spirituelle exacte, c'est à des places variables,
près ou loin du fil conducteur latent, en raison de la vraisemblance, que s'impose
le texte. L'avantage, si j'ai droit à le dire, littéraire, de cette distance copiée qui
mentalement sépare des groupes de mots ou les mots entre eux, semble d'accélérer
tantôt et de ralentir le mouvement, le scandant, l'intimant même selon une
vision simultanée de la Page : celle-ci prise pour unité comme l'est autre part
le Vers ou ligne parfaite. La fiction affleurera et se dissipera, vite, d'après la
mobilité de l'écrit, autour des arrêts fragmentaires d'une phrase capitale dès le
titre introduite et continuée. Tout se passe, par raccourci, en hypothèse ; on
évite le récit. Ajouter que de cet emploi à nu de la pensée avec retraits, pro-
longements, fuites, ou son dessin même, résulte, pour qui veut lire à haute
voix, une partition. La différence des caractères d'imprimerie entre le motif
prépondérant, un secondaire et d'adjacents, dicte son importance à l'émission

orale et la portée, moyenne, en haut, en bas de page, notera que monte ou
descend l'intonation. Seules certaines directions très hardies *, des empiètements,
etc., formant le contre-point de cette prosodie, demeurent dans une œuvre,
qui manque de précédents, à l'état élémentaire : non que j'estime l'opportunité
d'essais timides ; mais il ne m'appartient pas, hormis une pagination spéciale
ou de volume à moi, dans un Périodique, même valeureux, gracieux et invitant
qu'il se montre aux belles libertés, d'agir par trop contrairement à l'usage.
J'aurai, toutefois, indiqué du Poème ci-joint, mieux que l'esquisse, un " état "
qui ne rompe pas de tous points avec la tradition ; poussé sa présentation en
maint sens aussi avant qu'elle n'offusque personne : suffisamment, pour ouvrir
des yeux. Aujourd'hui ou sans présumer de l'avenir qui sortira d'ici, rien ou
presque un art, reconnaissons aisément que la tentative participe, avec imprévu,
de poursuites particulières et chères à notre temps, le vers libre et le poème
en prose. Leur réunion s'accomplit sous une influence, je sais, étrangère, celle
de la Musique entendue au concert ; on en retrouve plusieurs moyens m'ayant
semblé appartenir aux Lettres, je les reprends. Le genre, que c'en devienne un
comme la symphonie, peu à peu, à côté du chant personnel, laisse intact
l'antique vers, auquel je garde un culte et attribue l'empire de la passion et
des rêveries ; tandis que ce serait le cas de traiter, de préférence (ainsi qu'il
suit) tels sujets d'imagination pure et complexe ou intellect : que ne reste
aucune raison d'exclure de la Poésie — unique source.

---

* La partie comprise entre les mots " Seules certaines directions... " et " ...suffisamment pour
ouvrir des yeux " concernait plus spécialement l'édition de ce Poème donnée dans la revue *Cosmopolis*
(mai 1897) pour laquelle cette Préface avait été faite. Celle-ci, du reste, nous a paru d'un intérêt
assez général, et assez significative de la pensée de l'auteur pour être reproduite ici, en tête de l'édition
définitive, préparée par ses soins, telle qu'elle allait paraître au moment où la mort le surprit. L'inno-
vation principale établie par lui dans ce dernier " état " de son œuvre, pour reprendre le terme dont
il se servit, nous semble consister en ceci qu'il n'existe pas de page recto ou verso, mais que la lecture
se fait sur les deux pages à la fois, en tenant compte simplement de la descente ordinaire des lignes.

(NOTE DE L'ÉDITEUR).

UN COUP DE DÉS

JAMAIS

QUAND BIEN MÊME LANCÉ DANS DES CIRCONSTANCES
ÉTERNELLES

DU FOND D'UN NAUFRAGE

SOIT
        que

                l'Abîme

blanchi
        étale
                furieux
                        sous une inclinaison
                                plane désespérément

                                                d'aile

                                        la sienne
                                                        par

avance retombée d'un mal à dresser le vol
et couvrant les jaillissements
coupant au ras les bonds

très à l'intérieur résume

l'ombre enfouie dans la profondeur par cette voile alternative

jusqu'adapter
à l'envergure

sa béante profondeur en tant que la coque

d'un bâtiment

penché de l'un ou l'autre bord

LE MAÎTRE

surgi
    inférant

        de cette conflagration

           que se

        comme on menace

      l'unique Nombre qui ne peut pas

           hésite
         cadavre par le bras

plutôt
   que de jouer
      en maniaque chenu
        la partie
      au nom des flots
            un

      naufrage cela

        hors d'anciens calculs
        où la manœuvre avec l'âge oubliée

            jadis il empoignait la barre

à ses pieds
        de l'horizon unanime

prépare
    s'agite et mêle
        au poing qui l'étreindrait
un destin et les vents

être un autre

          Esprit
              pour le jeter
                    dans la tempête
              en reployer la division et passer fier

écarté du secret qu'il détient

envahit le chef
coule en barbe soumise

direct de l'homme

      sans nef
        n'importe
            où vaine

ancestralement à n'ouvrir pas la main
                         crispée
                  par delà l'inutile tête

        legs en la disparition

                        à quelqu'un
                                ambigu

            l'ultérieur démon immémorial

ayant
        de contrées nulles
                    induit
        le vieillard vers cette conjonction suprême avec la probabilité

                            celui   .
                                    son ombre puérile
        caressée et polie et rendue et lavée
                        assouplie par la vague et soustraite
                    aux durs os perdus entre les ais

                                né
                                    d'un ébat
        la mer par l'aïeul tentant ou l'aïeul contre la mer
                    une chance oiseuse

                                                        Fiançailles

dont
        le voile d'illusion rejailli leur hantise
        ainsi que le fantôme d'un geste

                            chancellera
                            s'affalera

                            folie

N'ABOLIRA

COMME SI

Une insinuation

au silence

dans quelque proche

voltige

simple

enroulée avec ironie
                    ou
            le mystère
                        précipité
                                hurlé

tourbillon d'hilarité et d'horreur

autour du gouffre
                sans le joncher
                        ni fuir

        et en berce le vierge indice

                            COMME SI

plume solitaire éperdue

sauf

que la rencontre ou l'effleure une toque de minuit
et immobilise
au velours chiffonné par un esclaffement sombre

cette blancheur rigide

dérisoire
en opposition au ciel
trop
pour ne pas marquer
exigûment
quiconque

prince amer de l'écueil

s'en coiffe comme de l'héroïque
irrésistible mais contenu
par sa petite raison virile
en foudre

soucieux

      expiatoire et pubère

                              muet

                      La lucide et seigneuriale aigrette
                           au front invisible
                scintille
                    puis ombrage
          une stature mignonne ténébreuse
              en sa torsion de sirène

          par d'impatientes squames ultimes

rire

que

SI

de vertige

debout

le temps
de souffleter
bifurquées

un roc

faux manoir
tout de suite
évaporé en brumes

qui imposa
une borne à l'infini

C'ÉTAIT

issu stellaire

CE SERAIT

pire

non

davantage ni moins

indifféremment mais autant

LE NOMBRE

EXISTÂT-IL

autrement qu'hallucination éparse d'agonie

COMMENÇÂT-IL ET CESSÂT-IL

sourdant que nié et clos quand apparu
enfin
par quelque profusion répandue en rareté

SE CHIFFRÂT-IL

évidence de la somme pour peu qu'une

ILLUMINÂT-IL

LE HASARD

Choit
   la plume
      rythmique suspens du sinistre
                        s'ensevelir
                  aux écumes originelles
      naguères d'où sursauta son délire jusqu'à une cime
                        flétrie
            par la neutralité identique du gouffre

RIEN

de la mémorable crise
ou se fût
l'évènement

accompli en vue de tout résultat nul
                            humain

                N'AURA EU LIEU
          une élévation ordinaire verse l'absence .

                                QUE LE LIEU
inférieur clapotis quelconque comme pour disperser l'acte vide
                    abruptement qui sinon
                  par son mensonge
                        eût fondé
                    la perdition

dans ces parages
                    du vague
                        en quoi toute réalité se dissout

EXCEPTÉ

    à l'altitude

           PEUT-ÊTRE

                aussi loin qu'un endroit

fusionne avec au delà

                hors l'intérêt
           quant à lui signalé
                      en général
selon telle obliquité par telle déclivité
                         de feux

      vers
         ce doit être
            le Septentrion aussi Nord

                    UNE CONSTELLATION

          froide d'oubli et de désuétude
                  pas tant
               qu'elle n'énumère
        sur quelque surface vacante et supérieure
            le heurt successif
                      sidéralement
        d'un compte total en formation

veillant
       doutant
           roulant
              brillant et méditant

                  avant de s'arrêter
          à quelque point dernier qui le sacre

          Toute Pensée émet un Coup de Dés

Il a été tiré de ce Poème le 10 Juillet 1914
a l'Imprimerie Sainte Catherine
Quai St. Pierre a Bruges
10 Exemplaires, hors commerce, sur papier pur
chanvre des papeteries de Monval
numérotés a la presse de I a X
et 90 exemplaires sur vélin d'arches
numérotés a la presse de 1 a 90

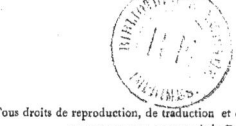

nrf

Prix : 3 fr. 50 net.

www.ingramcontent.com/pod-product-compliance
Lightning Source LLC
Chambersburg PA
CBHW060900180626
46818CB00004B/1798